Le chevalier RIQUIQUI

Gare au dragon !

Écrit par Tristan Pichard
Illustré par Martina Naldi

AUZOU
romans

Riquiqui n'est pas bien

GRAND,

Il est même tout…

… **petit**.

Si **PETIT** qu'il ne peut pas monter
sur un cheval. Ou sur un poney.
Pas même un bébé poney.

Lui qui rêve d'être **CHEVALIER**,
c'est embêtant. Car, comme le nom l'indique,
un chevalier, c'est quelqu'un qui monte à cheval.

Mais Riquiqui ne recule devant rien.
Il veut partir à l'aventure !
Si ce n'est pas sur un cheval,
ce sera sur un **CHAT** !

Il sera le **PETIT CHAVALIER**.
Ça tombe bien, il a déjà un chat.
Il s'appelle…

…**OTTO**.

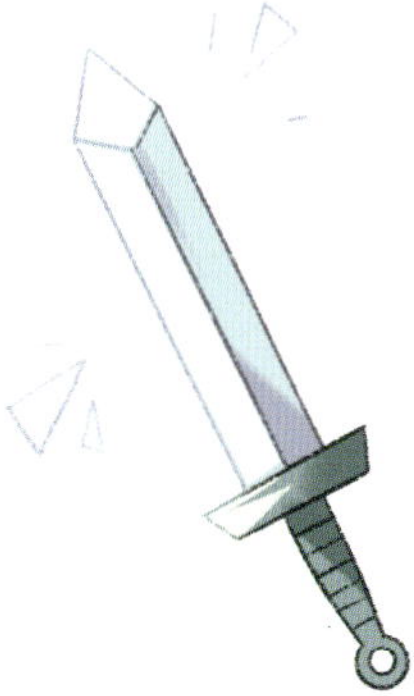

1 • Les chevaliers cramoisis

Le soleil se couche sur la forêt quand Riquiqui rencontre trois chevaliers installés autour d'un feu. Ils grillent des saucisses qu'ils croquent à belles dents.

La barbe du premier chevalier a le bout roussi. La moustache du deuxième est carbonisée aux extrémités et les sourcils du troisième sont tout brûlés !

— Bonsoir, je suis Riquiqui, le chavalier. Puis-je me joindre à vous ?

— Chavalier ? Qu'est-ce que c'est un chavalier ?

— C'est comme un chevalier, mais qui monte sur un chat et pas sur un cheval.

— Au cas où vous ne l'auriez pas remarqué, le chat, c'est moi, fait Otto.

Les trois bonshommes éclatent de rire. Lui, un chevalier, avec une épée, une armure et tout et tout ? C'est trop drôle !

— Et votre barbe, et votre moustache, et vos sourcils ? demande Riquiqui.

— C'est à cause du dragon qui a capturé les chevaliers.

— Un dragon ! Un vrai ? s'exclame Riquiqui avec des étoiles dans les yeux.

— Nous avons voulu libérer nos amis, explique l’un des cramoisis.

— Mais nous avons dû battre en retraite, ajoute le deuxième.

— Devant les flammes du dragon, conclut le troisième.

— Je vais y aller, moi, sauver ces pauvres prisonniers ! s’écrie Riquiqui, déterminé.

Les trois autres éclatent à nouveau de rire. Eux qui sont des durs de durs, des grands de grands, ils n’y sont pas parvenus. Ce n’est pas lui avec son matou qui y arrivera !

— On verra ça ! conclut Riquiqui, en croquant dans sa saucisse.

Le lendemain, Riquiqui *chavauche* sa monture (c'est-à-dire Otto). Bravement, il brandit sa lance et porte son épée à la ceinture.

De son côté, le chat rouspète dans ses moustaches : il ne s'agirait pas que le dragon les rôtisse, eux aussi. Un peu comme les saucisses d'hier soir, mais des saucisses au chat et au petit garçon…

Quand ils arrivent en vue de la grotte, le monstre se prélasse devant l'entrée pour profiter du soleil. Il fait la sieste !

— Si le dragon se réveille, glapit Otto, on finira en chips, croquantes à souhait avec un délicat parfum de poils de chat grillés.

Le terrible ronflement du dragon leur parvient et fait se dresser les poils du chat qui chatouillent les fesses de Riquiqui.

— **HI HI HI**, arrête, ça fait des guilis-guilis ! rigole-t-il.

— Tais-toi, chuchote Otto, tu vas réveiller le…

Trop tard ! Le dragon ouvre un de ses énormes yeux jaunes qu'il fixe sur le chavalier et son chat.

2 • Atchoum !

— Tu es qui, toi? demande le dragon avec sa grosse voix.

— Je suis Riquiqui, le chavalier! Je viens libérer tes prisonniers et te combattre, réplique le gringalet d'une voix qui paraît toute petite par rapport à celle, énorme, du dragon.

— Toi, me combattre ? s'esclaffe le dragon en laissant échapper des flammes sur les côtés de sa gueule.

Tout au fond de la grotte, Riquiqui peut voir les chevaliers enfermés dans une cage.

— Notre sauveur, notre sau…

Mais ils se taisent avant d'applaudir. Ce garçon n'est pas plus grand qu'une griffe de dragon. Et même deux fois plus petit ! Il n'a aucune chance.

— Ouste ! grommelle la créature en donnant un coup de sa grosse patte.

— Ça y est, les ennuis commencent, ronchonne Otto en sautant sur le côté pour éviter l'attaque.

— Oh, ça suffit ! s'énerve le dragon en plantant ses griffes dans le sol.

Mais Riquiqui et Otto sont si petits qu'ils passent entre les doigts du monstre ! Au passage, le chavalier remarque que ses gigantesques narines frémissent, comme s'il reniflait…

— Finissons-en, déclare le dragon en prenant une grande inspiration.

Mais il s'arrête avant de cracher ses flammes.

Il fait : **SNIF !**

Puis : **SNIF, SNIF !**

Enfin, ouvrant des yeux étonnés, il fait : **ATCHOUM !**

Une véritable boule de feu lui sort du gosier et se dirige droit vers Riquiqui et Otto !

3 • Le mystérieux soufflet

Riquiqui pense résister juste comme ça, parce qu'il est très courageux. Seulement, le courage ne protège pas du feu, tout le monde sait cela !

Enfin, Otto le sait. Alors, il fait marche arrière juste assez pour se laisser tomber dans un fossé au bon moment. **PLOP !**

Les flammes leur passent au-dessus. Seule la plume sur le heaume de Riquiqui en souffre. Elle est toute grillée maintenant…

Cachés dans leur trou, le chavalier et sa monture se regardent en clignant des yeux. Ils l'ont échappé belle !

— Tu as vu cette flamme ? chuchote Riquiqui qui n'en revient pas. On ne peut pas vaincre une créature pareille.

— C'est un dragon, tu t'attendais à ce qu'il crache des bulles de savon ? marmonne Otto.

— Il nous faut un plan, continue Riquiqui en réfléchissant à voix haute.

— Et si nous retournions plutôt voir les chevaliers ? Il leur reste peut-être des saucisses.

Otto fixe Riquiqui. Il voit bien son air. Quand il a cette tête-là, c'est qu'il a une idée derrière la tête… Otto n'aime pas ça. Mais alors, pas du tout.

Un peu plus tard, les voilà qui reviennent vers la grotte. Le petit chavalier a abandonné sa lance pour… un gigantesque soufflet.

Otto, lui, avance en ronchonnant. Il n'aime pas du tout le plan de Riquiqui. D'ailleurs, quand le dragon ouvre un œil, il est déjà prêt à faire demi-tour pour s'enfuir.

— Encore toi ! s'exclame le monstre. Je te croyais carbonisé.

— Dragon, libère les chevaliers ou tu auras affaire à moi ! dit Riquiqui.

La créature fait une drôle de tête. Il n'a peur de rien, ce minuscule chavalier!

— Et tu vas faire quoi avec ton soufflet, me taper sur la tête? ricane le dragon.

— Mieux que ça, rétorque Riquiqui avec un sourire.

— Finissons-en, siffle son ennemi en prenant une grande inspiration.

La fumée lui sort des narines! Au fond de sa gorge grésille une flamme menaçante!

Tout s'enchaîne alors très vite.

Otto bondit sur le côté pour éviter le jet de feu qui les manque de peu.

Riquiqui en profite pour actionner son soufflet. **PFFF**… Le dragon détourne son long cou, c'est raté !

Le monstre tourne autour d'eux en crachant de nouveau des flammes, Otto zigzague pour les esquiver. Riquiqui se redresse, ouvre le soufflet bien grand, et vise.

— Dépêche-toi ! le supplie Otto.

Riquiqui appuie sur son soufflet et… en plein dans le nez du dragon !

Ce sont d'abord ses yeux qui font **DING !**, puis ce sont ses narines qui font des **ROUMOULOU**, **ROUMOULOU**, et enfin sa gueule qui fait **ATCHIIIII**…

— Je le savais ! Tu es allergique aux poils de chat ! s'exclame Riquiqui.

— Ah, non, bon rhube ! C'est bas brai, se lamente le dragon en parlant du nez, avant de disparaître dans le ciel en éternuant des flammes.

4 • Des châtaignes au goût amer

Les trois chevaliers cramoisis se tiennent toujours autour de leur feu de camp. Ils attendent que leurs poils repoussent (barbe, moustache ou sourcils) avant de reprendre la route. Aujourd'hui, pas de saucisses. Ils grillent des châtaignes.

— Mais qui voilà ? C'est le retour du chevalier microscopique !

Eh oui, c'est Riquiqui qui revient. Il descend de selle et s'installe près du feu. Un des chevaliers lui donne une châtaigne. Otto, lui, se roule en boule dans l'herbe. Il n'a pas l'air content.

— Ça s'est mal passé avec le dragon ?

— Non, on a gagné, répond Riquiqui avec un sourire triste.

Le barbu, le moustachu et le sourcillu n'en reviennent pas. Lui, avec sa petite armure, sa petite épée et son chat de rien du tout, il a réussi à vaincre l'effroyable dragon ?

— Et les chevaliers ?

— Oh, ils sont là-bas, près de la rivière.

— Pourquoi tu fais cette tête, alors ?

— Parce que juste après avoir été libérés, ces messieurs se sont mis à éternuer, intervient Otto.

— Eux aussi sont allergiques aux poils de chat, explique Riquiqui en haussant les épaules. On ne pourra jamais être copains, eux et moi.

— C'est vraiment pas de chance ! constate un des cramoisis.

— Et toi, pourquoi tu fais la tête ? demande un autre, en se tournant vers Otto qui ne cesse de soupirer..

— D'après vous, où est-ce que Riquiqui est allé chercher des poils pour remplir son soufflet ? ronchonne le chat en se tournant pour montrer ses fesses toutes déplumées. Sans mon pelage, je vais attraper froid, moi… Ce sera bientôt à mon tour d'éternuer !

Table des matières

Un petit mot de l'auteur et de l'illustratrice

Au voleur ! *Le chevalier Riquiqui* a été inventé par une petite fille. Un soir, pour l'aider à s'endormir, elle a gentiment raconté les aventures de Riquiqui à **Tristan Pichard**. Tout en bâillant, ce gredin n'en perdait pas une miette. Dès le lendemain, il écrivait tout ce qu'il avait entendu la veille sans rien changer. Le brigand !

J'ai adoré créer l'apparence de Riquiqui et d'Otto, non seulement à cause de leurs personnalités amusantes et excentriques, mais aussi parce que leurs formes et leurs couleurs contrastées sont très amusantes à dessiner. Vous devriez essayer !

Martina Naldi

Découvre aussi les aventures
de SOS Contes de fées !

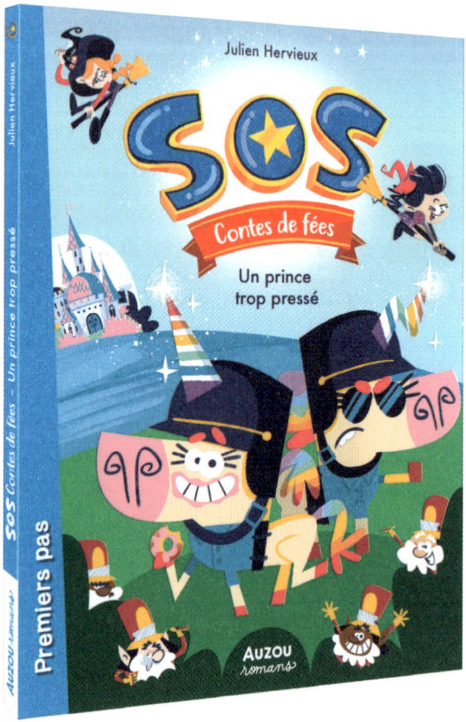